Philip Waechter

Muy famoso

Traducción de Natalia García Calvo

GRUPO
EDITORIAL
norma

Seré futbolista.

Seré un futbolista muy famoso.

La gente me reconocerá en la calle…

…y el mundo entero será tremendamente amable conmigo.

Seré muy rico y podré cumplir
mis más grandes deseos.

En pocas palabras: estoy destinado a tener una carrera grande y gloriosa.

Tengo un extraordinario dominio del balón…

…y una impresionante técnica para hacer la chilena.

El entrenamiento me ha hecho ágil y de pies
ligeros…

…pero también implacable en los
enfrentamientos cuerpo a cuerpo.

Mi fortaleza mental…

…y mi gran capacidad para entender tácticamente el juego…

…me hacen el capitán perfecto
para un equipo de fútbol.

¡Para un grandioso equipo de fútbol!

¡Juntos celebraremos
triunfos sin igual!

Las grandes personalidades me colmarán de trofeos.

…y nos concentraremos en campos de juego secretos.

Desde luego, yo sé que el fútbol también puede ser cruel.

Habrá derrotas amargas…

...y vendrán horas difíciles para mí.

Luego, se sabrá que en verdad
soy un gran deportista.

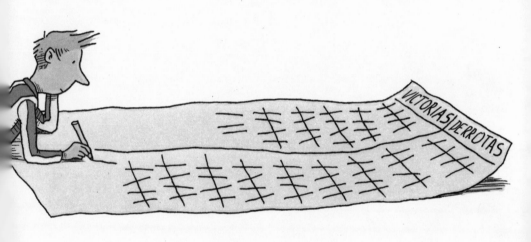

Justo en ese momento será necesario mantener la cabeza fría…

…pues tendré tareas sumamente importantes por delante.

Tendré que ser un ejemplo para la juventud…

…deberé preocuparme por mis innumerables fanáticos…

y conceder pacientemente todas las entrevistas
que me quieran hacer.

Al poco tiempo, los clubes de primera de toda
Europa querrán tenerme en su nómina.

Claro que una decisión como esa
debe ser muy bien meditada...

...porque de pronto me gustaría más ser un baterista famoso.

Waechter, Philip
    Muy famoso / autor e ilustrador Philip Waechter; traductora
Natalia García Calvo -- Bogotá :
Grupo Editorial Norma, 2006.
    64 p. : il. ; 16 cm.
    Título original. *Sehr berühmt.*
    ISBN 958-04-9249-2
    1. Cuentos alemanes 2. Fútbol – Cuentos 2. Cuentos humorísticos
I. Tít. II. Serie.
833.91 cd 20 ed.
A1079021

    CEP-Banco de la República-Biblioteca Luis Ángel Arango

Título original en alemán:
Sehr berühmt

Impreso por D'Vinni Ltda.
Impreso en Colombia - Printed in Colombia
Mayo, 2006

Edición: Maria Villa Largacha
Traducción: Natalia García Calvo
Diagramación y armada: Catalina Orjuela Laverde

CC:11539
ISBN:958-04-9249-2

Philip Waechter nació en Frankfurt. Estudió diseño de comunicaciones en Mainz y se especializó en ilustración. Hoy día es artista gráfico e ilustrador independiente, y vive en Frankfurt, donde fundó la Cooperación Labor con otros ilustradores. Ha ilustrado numerosos libros infantiles. Editorial Norma ha publicado también otro libro ilustrado suyo: *Yo*